A slave for black cocks

Vorwort:

Mein Name ist Aiden Kelly. Ich wurde 1982 in Dblin, Irland, geboren. Seit meiner Kindheit schreibe ich Geschichten aller Art. Je älter ich wurde, desto mehr zog es mich zur erotischen Literatur.

Bis heute habe ich weit über 250 erotische Romane und (vor allem) Kurzgeschichten veröffentlicht. Mit diesen Geschichten möchte ich die Zeit meiner Leser versüßen und sie zu erotischen Taten inspirieren.

Beim Erzählen meiner Geschichten halte ich mich nicht an starre Konventionen. Manchmal schreibe ich aus der Sicht einer Frau, manchmal aus der Sicht eines Mannes. Gelegentlich schreibe ich auch in der First-Person-Form.

Ihr Aiden

A slave for black cocks

Meine Frau und ich hatten immer darüber gescherzt, dass sie einen großen, schwarzen Schwanz ficken sollte und wie sehr sie es wollte. Du weißt schon, typisches, perverses Sex-Gerede. Wir hatten ein tolles Sexleben, aber wir beide wussten auch, wie nass sie werden konnte, wenn sie auch nur daran dachte. Vor ein paar Monaten fing eine Freundin von ihr an, sich mit einem Schwarzen zu treffen, der (natürlich) Tyson heißt. Er war ein wirklich netter Kerl und wir verstanden uns alle, wann immer wir zusammen waren.

Erst eines Tages, als Katie in ihrem Haus war und den Hund spazieren ging, während sie übers Wochenende weg waren, fand sie einige Videos auf ihrem Computer, die zumindest schockierend waren. Meine Frau hatte nicht das Gefühl, dass sie schnüffelte, obwohl sie es tat, weil sie sie als kleine Symbole auf dem Desktop zurückgelassen hatte, die sehr leicht zu finden waren. Es waren Heimvideos von Nikki und Tyrone, die Sex hatten und Kopf und andere private Sexakten zeigten.

Ich gebe zu, dass ich Nikki nur ein wenig hasse, aber zu sehen, wie sie sich mit einem Lächeln ins Gesicht streckt, war fantastisch! Es gab insgesamt drei Videos und das erste, was Katie tat, nachdem sie sie gesehen hatte, war, sie auf eine Disk zu brennen und sie mit nach Hause zu nehmen, um es mir zu zeigen. Und das erste, was mir auffiel, war, wie verdammt groß Tyrones Schwanz war! Es war auch nicht nur ich. In jedem Video war alles, worüber Nikki reden konnte und wer konnte es ihr verübeln! Ich war beeindruckt, dass sie das meiste davon in ihre Pussy stecken konnte und ihr Quietschen und Stöhnen war überzeugend, dass sie unmöglich mehr hineinpassen konnte. Nikki hatte einen athletischen Körper, aber einen kleinen Arsch. Sie war blond und meiner Meinung nach ein ziemlich dummes und nerviges Mädchen. Natürlich hat mich das nicht davon abgehalten, ihr Kommen immer wieder auf Video zu genießen.

Nachdem ich die ersten Minuten beobachtet und den riesigen Schwanz auf der Leinwand gesehen hatte, riss ich meine Augen von Nikki auf ihren Händen und Knien weg und polierte sein riesiges Glied, um meine Frau zu reizen.

"Also, wie lange hat es gedauert, bis du gekommen bist?" Sie versuchte anfangs, dumm zu spielen, gab mir aber schließlich zu, dass sie weniger als drei Minuten des ersten Videos mit den Händen unter der Hose brauchte, um sich das Sperma hart zu machen. Wir fingen sofort an, herumzuspielen, als ich feststellen konnte, dass das Video, das wir uns ansahen, sie sofort geil machte. Wir fickten hart an diesem Nachmittag und scherzten darüber, dass sie das schwarze Monster besser nehmen konnte als ihre Freundin. Sie hatte einen besseren und größeren Arsch als Nikki und größere Titten, auch wenn sie in der Mitte weicher war. Wir haben darüber gescherzt, dass schwarze Jungs größere Mädchen mögen. Katie war überhaupt nicht fett und sie würde mich schlagen, weil ich es überhaupt vorgeschlagen hatte. Außerdem wussten wir beide, dass Nikki sich von niemandem in den Arsch ficken ließ und meine Frau liebte es.

Im Laufe der Woche bemerkte ich, dass der Videoplayer auf unserem Computer immer die Videos oben in der Wiedergabeliste hatte, und als ich das letzte Mal nachschaute, als sie abgespielt wurden, wurde mir klar, dass er nicht von mir war. Meine Frau sah sich die Videos immer noch täglich an! Wir fickten immer noch täglich, aber ich hatte sie noch nie so sehr von etwas angetörnt gesehen. Wir würden Nikki natürlich nie sagen, dass wir die Videos gesehen haben oder dass sie nie glücklicher aussah als mit einer großen Ladung, die über ihr Gesicht lief, aber immer diejenige, die einen neuen, versauten Boden vorschlug, um ihn zu erkunden, ich veranlasste Katie, etwas gegen die Fixierung zu unternehmen.

Ich sagte ihr, dass ich ein Video von ihr wollte, wie sie diesen großen Schwanz fickt und sagte ihr, wie man es macht. Zuerst nahm sie mich nicht ernst und behandelte es wie nichts anderes als schmutziges Sexgerede; sie kam wild bei dem Gedanken. Als sie schließlich erkannte, dass ich es wirklich ernst meinte, begann sie, Fragen über alles zu stellen. Einige waren über uns und wie wir nach den

Stationen damit umgehen würden, aber die meisten waren über die Besonderheiten, wie sie es tun sollte.

Tyrone war ein Klempner und es war einfach genug, ihn als Freund zu bitten, diese undichte Armatur zu überprüfen. Das war alles, was nötig war, um ihn dazu zu bringen, vorbeizukommen. Was mich betrifft, so war das für mich alles, was nötig war. Meine Frau war heiß und geil und es war zweifelhaft, dass Tyrone ihrer großen, prallen Beute widerstehen würde. Ich wollte nur, dass sie die Videokamera in der Ecke aufstellte, damit ich alles nach der Station sehen konnte. Es schien etwas Poetisches daran zu sein, sie zu sehen, nachdem er gesehen hatte, wie er Nikki auf Video fickte.

Also baten wir ihn, vorbeizukommen und eine Zeit am Nachmittag zu vereinbaren, zu der ich bei der Arbeit sein würde. Katie täuschte vor, nervös zu sein, aber ich wusste, dass sie mehr als alles andere aufgeregt war. Ich ging hinaus und anstatt zur Arbeit zu gehen, hielt ich bei Nikkis Arbeit an und sah, ob sie zum Mittagessen verfügbar war. Obwohl wir sie überhaupt nicht mochten, hatten wir immer heftig geflirtet und wieder schien es perfekt, mit ihr beim Mittagessen in einem Café zu flirten?hile fickte ihr Mann meine Frau zu Hause.

Als ich nach Hause kam, schlief Katie im Bett, nackt auf der Decke. Am Computer befand sich der Rekorder, den ich einsteckte und begann zu schauen.

Wie geplant, ging der Recorder kurz bevor er aus dem Badezimmer kam und ging in das Wohnzimmer, in dem sie saß. In Jeans und einem engen Tank Top gekleidet, lag sie auf der Couch und tat so, als würde sie ein Buch lesen. Tyrone kam in den Rand des Rahmens, legte seine Tasche ab und ging zur Couch.

"In Ordnung, sieht so aus, als ob ich es bin, wir sind hier oben fertig!" Katie sah auf: "Und du hast es repariert?" "Ja, nur eine kaputte Unterlegscheibe. Es passiert die ganze Zeit mit diesen Modellen, nichts Ernstes. Sie verschleißen einfach irgendwann und müssen ersetzt werden. Also musste ich den Wasserhahn abnehmen und in die Wand gehen, das zerbrochene Stück durch ein neues ersetzen."

Katie tat so, als wäre sie interessiert, aber ich wusste, dass sie mehr daran interessiert war, was sie sonst noch reparieren konnte. "Das ist fantastisch! Vielen Dank, ich weiß das wirklich zu schätzen". Er winkte es weg, "Keine große Sache, wirklich."

Ich wusste, dass sie dachte, es wäre eine große Sache. Sie stand von der Couch auf und ging zu ihrer Handtasche, beugte sich an der Taille nach vorne, um seine Aufmerksamkeit zu erregen, und es funktionierte. Die Kamera fing den Blick auf sein Gesicht, so wie es die meisten Jungs tun würden, wenn sie nicht beobachtet würden. "Also, was schulde ich dir?"

Er dachte einen Moment lang: "Sagen wir fünfzig für Teile und machen wir weitere hundert für die Arbeit? Ein Fünfziger wäre cool." Sie sammelte ihren Mut, stand auf, drehte sich um und zeigte ihm eine leere Brieftasche. Ihre Stimme zitterte leicht. "Sieht so aus, als hätte ich im Moment kein Geld."

Er schüttelte den Kopf: "Ich weiß, dass du dafür gut bist. Du kannst mich einfach später bezahlen." Sie kam ihm etwas näher, atmete flach und sagte: "Vielleicht kann ich es jetzt abarbeiten." Bevor er etwas sagen konnte, drückte sie ihren Mund gegen seinen und küsste ihn tief. Sie nahm seine Hände in ihre, legte sie auf ihre Hüften und ließ ihn zurückgreifen und ihren Arsch drücken. Als sie sich gegenseitig die Zungen in den Mund des anderen stießen, begann sie, die Fliege auf der Vorderseite seiner Hose zu lösen. Als sie nach innen griff, zog sie das Monster heraus und ließ seine Hose auf den Boden fallen. Es wurde schnell hart in ihrer Hand, als sie es zum Leben pumpte. Ihre Finger und ihr Daumen konnten sich nicht einmal berühren, als sie ihre Hand um den Schaft wickelte, er war so groß!

Als sie sich von ihrem Küssen löste, fiel sie auf die Knie und legte ihre Lippen nur wenige Zentimeter vom großen Schwanz entfernt ab. Sie zeigte den Kopf gerade auf ihren Mund

und keuchte ein wenig, streichelte immer noch die ganze Länge und befeuchtete ihre Lippen.

"Also, was denkst du?" fragte sie unschuldig. "Wird das die Rechnung bezahlen?" "Du hast vielleicht sogar noch etwas Guthaben übrig." Er verpasste keinen Beat. Sie auch nicht. Sein Kopf rollte rückwärts, als sie anfing, seinen Schwanz zu lecken, beginnend mit der Spitze und dann dem Schaft und schluckte schließlich so viel davon, wie sie in ihren Hals stecken konnte. Sie war akribisch, um sicherzustellen, dass ihre Zunge jeden Quadratzentimeter seines pochenden Gliedes bedeckte.

Katie liebte es, Schwänze zu lutschen und übte oft, mich tief zu werfen. Ich bin zwar nicht klein, aber es dauerte nicht lange, bis ihr unstillbarer Appetit sie dazu brachte, ihre Nase zu zwingen, meinen Bauch zu berühren, und ihre Zunge herauszustecken, um meine Eier zu lecken. Ich liebte es zu sehen, wie sie an meinem Schwanz erstickte, als sie ihn zurückschob, an ihren Backenzähnen vorbei, und er drückte gegen den Rücken ihrer Kehle und beugte die Spitze nach unten, als würde sie mich komplett verschlingen. Das enge Gefühl, dass sich ihre Halsmuskeln gegen mich verengen, war unglaublich und es brauchte immer meine ganze Konzentration, um nicht in ihren Hals zu spritzen.

Das war nichts im Vergleich zu dem, was ich auf diesem Bildschirm sah, als meine Frau immer wieder versuchte, ihr diesen großen schwarzen Schwanz ins Gesicht zu drücken. Aus dem Blickwinkel der Kamera konnte ich noch erkennen, wie sich ihre Kehle ausdehnte, als sie seine riesige Python-Zentimeter tiefer arbeitete als ich es je war. Ihre Augen wölbten sich, als sie nicht mehr atmen konnte, und kamen zum Lufthusten und Sputtern hoch. Sie hielt sich an seinen Hüften fest und benutzte ihn, um ihr Gesicht jetzt ziemlich hart zu ficken. Es war wirklich etwas zu sehen!

Drool hatte strandige Spuren auf ihrem Hemd und einer nassen Vorderseite ihres T-Shirts hinterlassen, die sich nun an ihren Brustwarzen festhielt. Sie zog sich für einen Moment zurück und schob ihn zurück auf die Couch, um sich hinzusetzen. Sie zog seine Hose aus seinen Beinen und stand dann vor ihm, zog langsam ihr nasses T-Shirt aus ihrem Körper und ließ es auf den Boden fallen. In einer kleinen Geste, die ich fast nicht gesehen hätte, drehte er seinen Finger in die Luft und bat darum, dass sie sich dreht. Sie zögerte nicht einen Moment und lächelte sogar direkt in die Kamera, als sie das Objektiv passierte!

Als sie zu ihm zurückblickte, ging sie nach vorne, um ihren Spaß fortzusetzen, aber er hielt sie auf. Er streichelte seinen Schwanz für einen Moment vor ihr. Möglicherweise unbewusst, liefen ihre Hände ihren Körper auf und ab, zogen an ihren Brustwarzen und landeten an der Vorderseite ihrer Hose. Ihre Augen blieben auf sein riesiges Glied fixiert, als er es in einem gleichmäßigen Rhythmus streichelte. Ihre Hände bewegten sich schneller. Sie war offensichtlich sehr erregt.

Ich hörte sie leise sprechen: "Kann ich bitte jetzt weitermachen?" Er schüttelte den Kopf. "Noch nicht. Ich möchte, dass du zuerst kommst." "Ja, Sir", lautete die sofortige Antwort. Ihre Hände bewegten sich schneller und ihre Atmung wurde härter, als sie sich dem Höhepunkt näherte. "Oh Gott, ich glaube, ich werde... ahhh ahh ahhh! Ich werde...." Sie war eindeutig dabei, in ihrer Hose zu explodieren und der Orgasmus stand direkt vor ihm!

"Sag mir, woran du denkst." "Oh fuck! Ich denke an deinen großen schwarzen Schwanz in mir! Verdammt! Ahh! Ich denke darüber nach, deinen riesigen, fickenden Schwanz tief im Inneren zu ficken.... oohhh oh fuck, oh fuck, oh fuck, oh fuck, ich komme gerade! Aaaaahhhhhhh! Ja! Mmmmmmmm!" Ihr Körper zitterte und ihre Beine sahen aus, als würden sie unter ihr nachgeben, aber sie blieb irgendwie auf und taumelte jetzt hin und her und außer Atem.

Er lächelte anerkennend und hielt seinen Schwanz nach ihr Ausschau. Sie machte ein paar wackelige Schritte und fiel auf die Knie und saugte weiter an seinem Schwanz.

Das war unglaublich! Ich konnte nicht glauben, was ich gerade gesehen hatte! Ich dachte, ich könnte sehen, wie meine Frau es genießt, einen anderen Mann zu ficken, aber das war etwas anderes! Sie hatte sich ihm völlig ergeben, auf eine Weise, an die ich nicht gedacht hatte. Sie betete seinen Schwanz an, zuerst indem sie sich auf Befehl aussetzte und auf ihre eigene Hand vor ihm zu seiner Unterhaltung kam und jetzt auf ihren Knien ihn absaugte!

Sie war aufmerksam und amüsierte sich gründlich und nahm sich Zeit, als sie langsam darauf bestand, so viel schwarzen Schwanz wie möglich in sie zu bekommen. Sie kam aus der Luft und teilte dann ihre Lippen, ließ den Kopf entlang ihrer Zunge laufen und dann Zentimeter für Zentimeter ihre Kehle hinunter, bis alle außer den letzten zwei Zentimeter verschwunden waren. Jedes Mal, wenn sie es herauszog, ließ sie ein Stöhnen der Befriedigung ertönen oder atmete scharf ein, während er die Brustwarzen kneifte.

Als sie wieder aufstand, öffnete sie den Reißverschluss ihrer Jeans und zog sie mit dem Gesicht zur Kamera herunter, so dass, als sie sich nach vorne beugte, ihr großer Arsch in seinem Gesicht lag. Sie schaute direkt in die Kamera, der Mund hing offen, das Gesicht nass vom Sabbern auf seinem großen Werkzeug. Sie trug einen knallgrünen String und nachdem sie aus ihrer Jeans gestiegen war, wurde sie mit einem lauten Schlag behandelt, als er seine große Hand mit einer ihrer runden und fleischigen Arschbacken verband. Er schlug sie wieder auf den Arsch, um ihn wackeln zu sehen. Sie kicherte wie ein unanständiges Schulmädchen und stand auf und drehte sich um.

Auf seinem Schoß spreizend, zog sie den grünen String zur Seite und half, seinen Schwanz am Eingang zu ihrer jetzt klatschnassen Pussy an seinen Platz zu bewegen. Sie küsste ihn leidenschaftlich, als sie die Spitze an ihrer Klitoris rieb. In Ekstase zerrissen, neckte sie ihn weiter, indem sie seinen Schwanz in ihren Eingang lockerte und sich dann zurückzog.

Schließlich, als er genug hatte, packte er das Fett an ihren Hüften und ließ sie vor Schmerzen keuchen und fing an, sie auf sein pulsierendes Glied zu führen. Er war groß und streckte sie, als sie immer weiter und weiter unten sank und sie aufspießte. Sie war jetzt erstarrt, stöhnte und schrie, ließ ihn aber eintreten, wie er es für richtig hielt. Es war alles, was sie sich gewünscht hatte, und noch ein paar Zentimeter mehr!

"Oh mein Gott!" rief sie aus. "Ich hatte noch nie so etwas Großes in mir!" Sie hatte noch mindestens drei Zoll, die sie nicht anpassen konnte, aber sie hatte ihre maximale Grenze erreicht. Sie war völlig ausgefüllt. "Geht es dir gut?" fragte er und liebte jeden Moment.

"Es tut weh, aber es ist so gut." Sie beugte sich nach unten, um ihn wieder zu küssen, als sie anfing, sich langsam auf und ab auf ihn zu bewegen. Es war schwer zu sagen, ob sie an seinem Schwanz entlang rutschte oder ob er sie immer noch mit seinen Schnurhänden zwang. Was auch immer es war, sie fickte ihn jetzt langsam, so tief, wie sie ihn immer wieder aufnehmen konnte. Es kam mir plötzlich in den Sinn, dass sie kein Kondom benutzen! Sie fuhr ohne Sattel und es war nicht nur jetzt.... als sie sich küssten, tauschten sie tief die Spucke und berührten die Zungen, wurde klar, dass sie Liebe machten. Meine sexy kleine Frau war verrückt, mit dem größten schwarzen Schwanz, den sie je gesehen hatte, zu schlafen.

Sie fing an zu spritzen und er hielt sie fest, als sie sich herumwarf, krampfhaft und stöhnend in Verzückung. Sie liebten sich zehn Minuten lang so, dass sie gegen seinen Schwanz knirschte, so weit sie konnte, während sie Dinge wie: "Es ist so tief! Es trifft wieder meinen Gebärmutterhals! Fuck!" Sie kam dreimal so schnell, bevor er anfing, gegen sie zu kämpfen und versuchte, sich so tief wie möglich in sie hineinzubegeben, bevor er seine Ladung blies. Er saugte an ihren Titten und hielt sie fest, als sie ihn ritt.

"Kommst du jetzt?" fragte sie und zog seinen Kopf von ihrer Brust weg. "Ja," war die einfache Antwort. Sie kicherte und fickte ihn weiterhin rhythmisch. Sie schien für einen Moment langsamer zu werden: "Warte, wir haben keinen Schutz!" Sie schien wirklich besorgt zu sein, aber er hörte nicht auf, sie zu pumpen.

"Nein, tun wir nicht." Es war ihm egal! Er war an diesem Punkt zu weit gegangen und wollte nicht aufhören. Es lag an meiner Frau, es aufzuhalten. "Du willst in mich kommen?" Ich konnte nicht glauben, dass sie fragte! Was war hier los? Sie fing an, gegen ihn zurückzupumpen. "Wirst du mich mit deinem Samen füllen? Wirst du mich wieder abspritzen lassen.... mit deiner Ficksahne, die mich füllt?" Er fickte sie immer schneller und schneller. Seine Hände bewegten sich von ihren Hüften weg und es wurde ganz klar, dass meine süße Frau jetzt die ganze Arbeit machte!

Sie drehte sich um, um wieder in die Kamera zu schauen, lächelnd, als er grunzte, dass er kam und scheinbar so zeitgesteuert war, dass er mit seinem ausbrechenden Schwanz zusammenfiel, als er seine Eier entleerte, seine Ladung entlang der Wände ihres Babymachers spritzte, ihr Inneres beschichtete, auch sie erreichte einen höheren Höhepunkt als jeder der vorherigen Orgasmen. Ihr Körper verdrehte sich, als er wild von seinem Schwanz abprallte, immer wieder wie ein verzweifeltes Tier, als sie versuchte, jeden letzten Tropfen seiner Babysauce in ihre fruchtbare Gebärmutter zu pumpen.

Als sie auf die Kamera sah, sagte sie Dinge wie: "Ich kann es in mir spüren. Ich kann spüren, wie sich unsere Ficksahne gerade mischt." Keuchend brach sie auf ihn zusammen und sie lagen für einen Moment da und versuchten, Luft zu holen. Ich wusste nicht einmal, was ich denken sollte. Ich beobachtete, wie sein weich werdender Schwanz aus ihr herausrutschte und sie sich auf der Couch zu seiner Seite rollte.

Cum tropfte sichtbar aus ihr heraus und es war klar, dass sie eine so gute Chance hatte, schwanger zu werden, wie sie es wahrscheinlich hatte. Tyrone sprang auf und zog seine Boxershorts hoch. Er hatte Sperma und die Magie und Lust war nun vorbei. Alles, was blieb, war die Unbeholfenheit, die er in dieser sehr ungewöhnlichen Situation empfand. Anstatt sich damit zu befassen, war es ziemlich offensichtlich, dass er einfach gehen und nicht darüber diskutieren wollte.

"Du wirst jetzt gehen?" fragte Katie von der Couch aus. "Uhh, ja, ich glaube schon", war die unklare Antwort. "Weißt du, ich habe die Videos von dir und Nik auf deinem Computer gesehen." Warum hat sie das angesprochen? " Das hast du?" Sie nickte. "Es war wirklich heiß zu sehen, wie du sie gefickt und auf ihr Gesicht gespritzt hast."

Er wurde langsamer. "Das hat dir gefallen, was?" Sie lächelte und nickte wieder. "Hätte ich das gewusst...." Sie unterbrach: "Ich dachte, ich könnte mehr von dir in mich aufnehmen, als sie kann." "Ich denke, das hast du ziemlich gut gemacht, Baby." Hat sie versucht, ihn wieder hart zu machen?

"Ich denke, ich kann euch alle in mich aufnehmen, wenn ihr versprecht, diesmal rauszugehen und mir ins Gesicht zu spritzen." Sie meinte es ernst. Sie hatte gerade viermal Sperma und wollte mehr Schwanz! "Ich weiß nicht... es schien, als hättest du dein Limit erreicht, aber ich würde dir gerne noch einen weiteren Versuch geben, außer, dass wir alle nicht mehr an der Macht sind", verweist auf seinen schlaffen Schwanz.

Wenn es eine Sache gibt, die für einen Mann sehr schwierig ist, ist es, sofort nach dem Blasen Ihrer Ladung hart zu werden. Es ist nicht unmöglich; alles, was es braucht, ist die richtige Motivation. Tyrone war sich einfach nicht bewusst, dass meine Frau genau wusste, was sie tat. Biete ihm einfach das an, was alle Männer wollen.

Sie drehte sich auf der Couch um, so dass ihr Arsch in der Luft war und ihr Gesicht auf den Kissen unten war, sie zog ihren jetzt ausgestreckten String zur Seite und rieb ihre feuchte und ausgestreckte Pussy, tauchte drei oder vier Finger auf einmal ein, um sie nass zu machen.

Sie sah ihn immer noch an, als sie sich ihm aussetzte. "Nikki lässt dich nie ihren knöchernen Arsch ficken, oder?" Sie schob einen ihrer Finger in ihr verzogenes Arschloch, dann einen anderen und machte ihn nass. "Ich weiß, dass sie es nicht tut, weil sie es mir gesagt hat. Es sei denn, sie lügt. Hast du jemals ihren Arsch gepflügt, Baby?"

Während sie sprach, konnte man sehen, wie sich Tyrone leicht verschoben hat. Er wurde wieder hart, in Ordnung. Seine Boxershorts hoben sich wie ein Zelt. Sie liebte die Ergebnisse! "Deshalb konnte sie euch nie alle in sich aufnehmen. Sie hatte nicht diesen großen Arsch! Das ist es, was du für deinen Schwanz brauchst; eine dicke weiße Mädchenbeute, in die du den ganzen Weg hineinschieben und einfach weghauen kannst."

Katie liebte das Dirty Talk und sie liebte das raue Ficken und es sah jetzt so aus, als würde sie wieder bekommen, was sie wollte. Tyrone ließ seine Boxershorts auf den Boden fallen und ging zu ihrem erhöhten Arsch hinüber, der das Monster wieder streichelte.

"Guter Junge", hat sie ihn getadelt. "Nachdem du meinen Arsch gefickt hast, will ich, dass du mir ins Gesicht spritzt. Okay?" Er schlug ihr hart auf den Arsch und hinterließ einen roten Handabdruck. "Ja. Du fetter Arsch, weiße Mädchen sind so dumm. Willst du einen Arschfick und eine Ohrfeige bekommen? Du möchtest markiert und im Besitz sein? Du wirst es schaffen!" Katie kicherte einfach idiotisch und spreizte ihre Arschbacken mit beiden Händen.

Er spuckte auf ihr Arschloch und begann, seinen Kopf gegen ihren Schließmuskel zu drücken. Es gab nichts Sanftmütiges mehr daran. Das war keine Liebe, es war hartes Kernficken! Innerhalb weniger Sekunden sprang der Kopf ein. Katie knirschte mit den Zähnen und ließ einen kleinen Schmerzensschrei los. Tyrone drückte einen Zentimeter mehr in sie hinein, packte sie an den Haaren und zog ihren Kopf zurück.

"Tut es weh, Baby?", sagte er in einem spöttischen Ton. "Ja! Ich liebe es, verdammt! Gib mir mehr!" Ihre Finger gruben sich in ihren fetten Arsch, als sie versuchte, ihm zu helfen, seinen gigantischen Schwanz in ihren Arsch zu stecken.

" Drück fester!" Er sagte ihr gerade, was sie tun sollte. Wenn sie nicht sofort nachkam, hinterließ eine andere Hand ihre Spuren auf ihrem großen Arsch. "Dieser Arsch ist so eng, Süße! Kannst du spüren, wie sich die Haut um meinen Schwanz spannt? Ich weiß nicht, ob es jemals wieder eng wird!"

Damit stand sie auf Händen und Knien auf und stürzte sich ein paar Zentimeter weiter rückwärts auf seinen Schwanz. "Ja!" rief sie aus. "Ist es das, was du willst? Um eine verbrauchte Analhure für schwarzen Schwanz zu sein?", ließ er ihr Haar los und wickelte einen Arm um ihren

Hals und steckte sie in einen Würgegriff. "Sag es mir!"

Durch knirschende Zähne spuckte Katie eine Bestätigung aus und benutzte den Arm um ihren Hals als Druckmittel, um die letzten fünf Zoll auf einmal in sie hineinzustoßen. Sie schrie, aber bevor sie sich einen Moment Zeit nehmen konnte, um zu erkennen, was passiert war, warf Tyrone seinen großen schwarzen Hammer wahnsinnig in den Arsch meiner hübschen Frau und dehnte ihn auf scheinbar unrealistische Proportionen aus.

"Ich mache ein Zuhause in deinem großen, fetten, weißen Arsch! Der schwarze Schwanz lebt jetzt hier! Wem gehört dein Arsch?" "Das tust du! Ja! Ja! Der schwarze Schwanz gehört meinem Arsch! Ich bin ein Nigger-Schwanz-Junkie! Fick mich noch fester! Ich will wieder abspritzen!" Der Abwurf der "n-Bombe" war nicht nur für mich, sondern auch für Tyrone eine Überraschung. Er sah angepisst aus!

"Dumme weiße Schlampe! Du kommst, wenn ich es sage! Weiße Mädchen sind immer so pervers! Du kannst nicht zusehen, wie dein Freund auf meinem Schwanz abspritzt? Ich weiß, dass du es getan hast! Ich dachte, du wärst besser als sie, oder? Sie konnte nicht alles ertragen, aber du kannst alles ertragen, oder? Direkt in deinen engen Arsch! Du willst erniedrigt werden, damit du dich billig und schmutzig fühlst, oder?" Er hämmerte immer wieder auf sie ein, zu ihrer größten Freude!

"Ja! Ja! Lass mich abspritzen! Mach ein Zuhause in meinem weißen Arsch für deinen Niggerschwanz!" Gott, es sah so aus, als hätte es wehgetan, aber sie wollte es so sehr! "Ja, nun, es ist Zeit, das Haus zu putzen!" Er zog die Länge seiner Ebenholzstange von ihrem Arsch und kam vor ihr herum und drückte sie zu ihrem Gesicht. "Mach es sauber!"

Katie sah nicht so aus, als wäre sie bereit dafür, also, als sie einen Moment zögerte, packte er sie an den Haaren und zwang sie in ihren Mund. Es war erledigt und es spielte keine Rolle mehr, also saugte sie wütend und leckte ihren Arsch von seinem Schwanz. "Das ist ein gutes Mädchen!"

Er nahm seinen Schwanz wieder zurück zu ihrem Arsch und drückte das ganze Ding mit einer schnellen Bewegung bis zum Anschlag hinein. Katie sah jetzt angepisst aus, aber noch lustvoller. Ihr Arsch muss von dem harten Schlagen, das sie ebenfalls erhielt, gefühllos geworden sein, denn sie zuckte nicht wirklich, als er sein Werkzeug wieder in ihren Arsch schlug! Stattdessen sabberte sie auf unsere

Couch und stöhnte dankbar durch ihre Zähne bei der Arbeit, die an ihr geleistet wurde.

Hin und her von ihrem Arsch zu ihrem Mund ging er und hielt gelegentlich an, um sie dazu zu bringen, ihr Arschloch für ihn zu öffnen. Es war unglaublich! Ihr Arsch blieb einfach offen und hinterließ ein so großes Loch, dass man sich fragen würde, ob er sich jemals wieder schließen würde. Immer wieder spuckt sie seinen Schwanz poliert und fickt ihren Arsch locker auf seinen Schwanz.

Schließlich sagte er ihr, sie solle ihre Hand auf ihren Kitzler legen und anfangen zu reiben. "Weißt du, manchmal im Bett, wird Nikki mich fragen, ob ich dich ficken würde. Wir bringen dich mit uns ins Bett, siehst du? Du hast ihr gesagt, du nimmst es in den Arsch und sie hat es mir gesagt. Sie fragte mich, was ich mit dir machen würde, damit sie kommen konnte, wenn ich es ihr sagte. Sie will dich fressen und sie will uns beim Ficken zusehen. Was hältst du davon, was?"

Katies Hand begann sich schneller zu bewegen. "Sie wollte, dass du uns auch ficken siehst, also habe ich sie überzeugt, ein paar Videos auf dem Desktop zu lassen. Mach alles riskant und pervers. Vielleicht findest du es und vielleicht auch nicht. Aber das hast du."

Die Hand meiner Frau war verschwommen, als sie sie auf ihre Klitoris legte. "Wir wussten, dass du sie gefunden hast, weil wir eine Kamera für das Wochenende vorbereitet haben. Gestern Abend und jede Nacht diese Woche habe ich Nikki sechs Wege vom Sonntag gefickt, damit sie abspritzen kann, während wir zusahen, wie du mit einer Hand in der Mitte des Raumes stehst und dich wie gerade jetzt abspritzen lässt!"

Das war's dann. Katie ließ ein langes, kehliges Stöhnen aus und schrie auf, als sie ihren Arsch gegen seine riesige Säule drückte. Ihr Arsch war jetzt schleimig von ihrem Speichel und ihre Beine zitterten vor dem perversen Gedanken, dass ihre Freundin ihr Sperma beobachtete. Sie fühlte sich nicht einmal mehr menschlich an, nur ein verdammtes Tier, das davonkam. Es sah herrlich aus!

Tyrone zog sich schnell heraus und richtete das Monster auf ihr Gesicht, entlud dicke, klebrige Klumpen Sperma in Schnüren, die über ihr Gesicht landeten und herunterrollten, während sie auf der Couch lag und versuchte, ihren Atem zu holen. Ich fragte mich, wie unangenehm es jetzt sein würde!

Wie sich herausstellte, war es das wirklich nicht. Tyrone sagte kein Wort mehr und zog einfach seine Hose an und ging. Katie sagte auch nichts und machte stattdessen einen Versuch, aufzustehen, aber ihre Beine wollten einfach nicht funktionieren. Nach ein paar Minuten Genesung hob sie sich auf und stolperte zur Kamera hinüber und sah ängstlich und beschämt über ihre Handlungen und verputzt mit der Ficksahne eines anderen Mannes. Sie konnte das Band nicht loswerden, ich wusste, dass es gemacht wurde und sie konnte es nicht bearbeiten. Es war alles da, um zu sehen, wann ich nach Hause kam.

Sie ihrerseits hatte die Kamera für mich ausgespart und ging dann direkt ins Bett, um ohnmächtig zu werden, ohne sich die Mühe zu machen, ihr Gesicht zu reinigen. Ich kletterte ins Bett, nachdem ich einige wichtige Momente noch einmal gesehen hatte. Ich fragte sie, ob sie Spaß hatte. Sie sagte, sie hätte es getan und fragte, ob ich das Band gesehen hätte. Ich sagte, ich hätte es getan und zog die Decken von ihr runter. Meine Hand rutschte über ihren Rücken und in die Spalte ihres Arsches und sondierte sie. Es war so verdammt locker. Katie sagte, sie sei müde, aber ich könnte sie nehmen, wenn ich wollte. Ich sagte ihr, dass ich schnell sein würde, dass ich nur fühlen wollte, wie gedehnt sie war. Ich kam schnell und sie spürte nichts von dem, was sie sagte.

In den nächsten Tagen fickte ich ihren Arsch immer wieder, während ich mir das Video ansah. Mittlerweile war es ziemlich wund und sie fühlte sich so viel mehr, aber sie hatte ihren Spaß und das war über mich! Wir wussten nicht, was wir zu Nikki sagen sollten, als wir sie das nächste Mal sahen. Wir wussten nicht, was Tyrone ihr sagen würde. Also beschlossen wir, sie für eine Weile zu vermeiden, aber wir würden sie nicht für immer vermeiden können.

Zeitfracht Medien GmbH
Ferdinand-Jühlke-Straße 7
99095 Erfurt, Deutschland
produktsicherheit@kolibri360.de